Jones Library, Inc.
43 Amity Street
Amherst, MA 01002

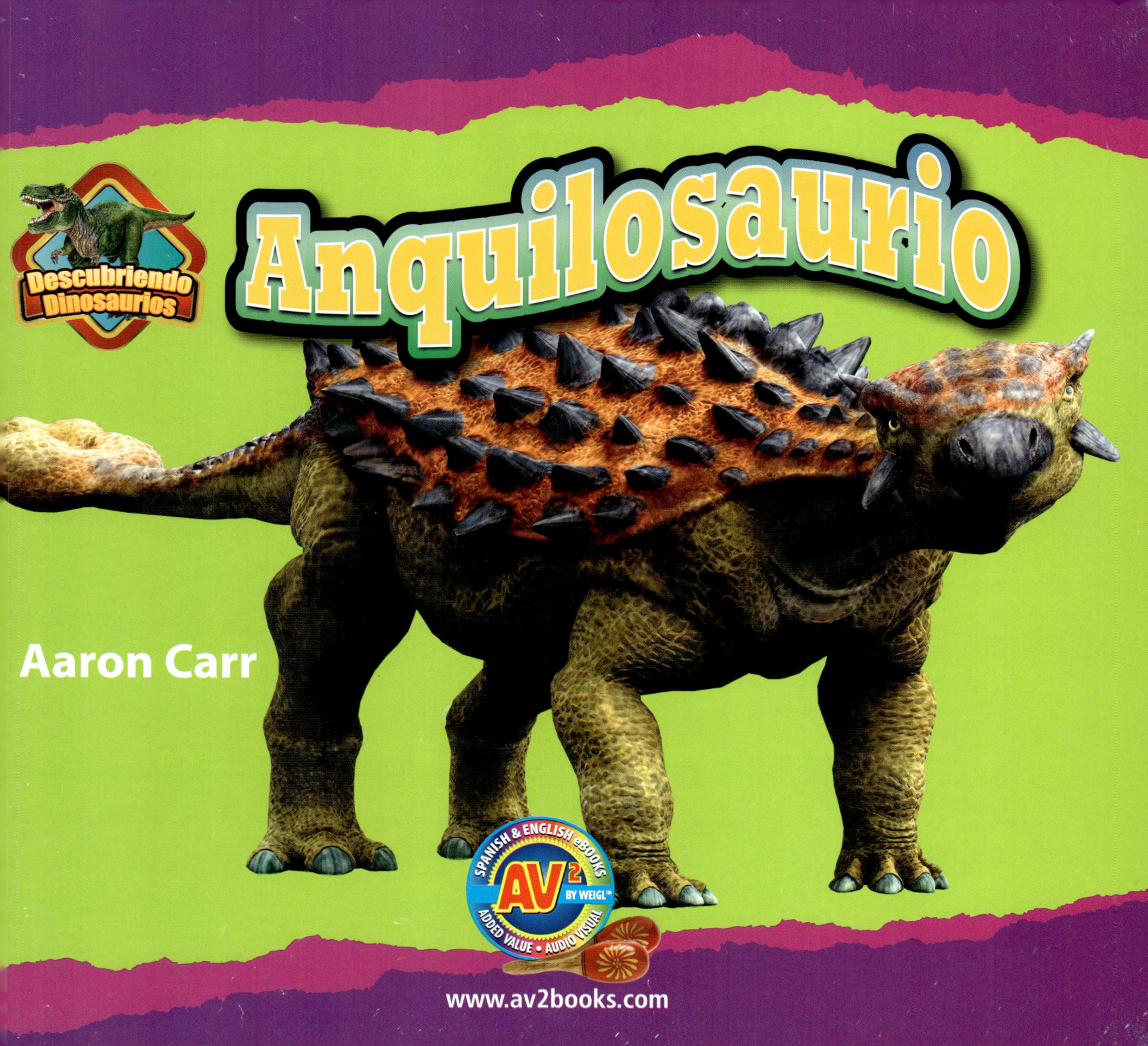

Descubriendo Dinosaurios

Anquilosaurio

Aaron Carr

www.av2books.com

Visita nuestro sitio www.av2books.com
e ingresa el código único del libro.
Go to www.av2books.com, and enter this book's unique code.

CÓDIGO DEL LIBRO
BOOK CODE

J463355

AV² de Weigl te ofrece enriquecidos libros electrónicos que favorecen el aprendizaje activo.
AV² by Weigl brings you media enhanced books that support active learning.

El enriquecido libro electrónico AV² te ofrece una experiencia bilingüe completa entre el inglés y el español para aprender el vocabulario de los dos idiomas.

This AV² media enhanced book gives you a fully bilingual experience between English and Spanish to learn the vocabulary of both languages.

Spanish

English

Navegación bilingüe AV²
AV² Bilingual Navigation

Copyright ©2016 AV² de Weigl. Library of Congress Cataloging-in-Publication Data se encuentra en la página 24.
Copyright ©2016 AV² by Weigl. Library of Congress Cataloging-in-Publication Data is located on page 24.

Anquilosaurio

En este libro, aprenderás

- qué significa su nombre
- cómo era
- dónde vivía
- qué comía

y mucho más.

Este es el anquilosaurio. Su nombre significa lagarto acorazado.

Era un dinosaurio muy grande.
Era casi tan largo como
un ómnibus escolar.
Pesaba más que un elefante.

Su cuerpo estaba cubierto por una armadura.
Esta armadura estaba hecha de placas de hueso y espinas.

Tenía un gran trébol en la punta de la cola. Lo usaba para protegerse de los grandes dinosaurios carnívoros.

Comía plantas.
Tenía dientes pequeños
para cortar las plantas,
pero no masticaba la comida.

Caminaba sobre sus cuatro patas, que eran cortas y muy fuertes.

A su velocidad máxima, caminaba solo un poquito más rápido que el hombre.

Vivía en bosques y valles, cerca de lugares con agua.

Se lo podía encontrar en casi todo el mundo.

Vivió hace aproximadamente 65 millones de años.

Se conoce sobre los anquilosaurios por sus fósiles.

19

Se puede ir a los museos a ver los fósiles y aprender sobre los anquilosaurios.

Datos sobre los anquilosaurios

Estas páginas contienen más detalles sobre los interesantes datos de este libro. Están dirigidas a los adultos, como soporte, para que ayuden a los jóvenes lectores a redondear sus conocimientos sobre cada sorprendente dinosaurio o pterosaurio presentado en la serie *Descubriendo Dinosaurios*.

Páginas 4–5

Anquilosaurio significa lagarto acorazado. El dinosaurio recibió este nombre por los huesos fundidos de su cráneo y otras partes del cuerpo. Los anquilosaurios son famosos por su cuerpo acorazado. Por sus huesos fundidos y cuerpo acorazado, muchos paleontólogos lo describen como el tanque del mundo de los dinosaurios. El anquilosaurio fue el miembro más grande de la familia de los anquilosáuridos. Su nombre científico completo es *Ankylosaurus magniventris*.

Páginas 6–7

El anquilosaurio era casi tan largo como un ómnibus escolar. Si bien no se ha podido recuperar el esqueleto completo de un anquilosaurio, los científicos pueden calcular su tamaño por los huesos que se han descubierto. Se cree que el anquilosaurio pudo haber medido hasta 35 pies (10,7 metros) de largo, 6 pies (1,8 m) de ancho y 6,5 pies (2 m) de alto. Pudo haber pesado unas 4 toneladas (3,6 toneladas métricas). Esto significa que el anquilosaurio pudo haber sido tan pesado como un elefante.

Páginas 8–9

El anquilosaurio tenía el cuerpo cubierto por una armadura. Como todos los anquilosáuridos, el anquilosaurio estaba recubierto de placas óseas llamadas osteodermos. Estas placas actuaban como una armadura que los protegía de los depredadores, como el tiranosaurio rex. Los osteodermos eran huesos recubiertos por queratina, que es el mismo material que se encuentra en las uñas de los humanos y en los cuernos del rinoceronte. Los diferentes tipos de anquilosaurios tenían diferentes tipos de osteodermos, que podían ser huesos planos o crecer como grandes espinas. Los anquilosaurios tenían también cuatro puntas con forma de pirámide en la cabeza.

Páginas 10–11

El anquilosaurio tenía un gran trébol en la punta de la cola. Además de los osteodermos que recubrían su cuerpo, el anquilosaurio también tenía osteodermos al final de su cola. Estos osteodermos tenían la forma de un trébol grande y duro y el anquilosaurio podía usarlo para defenderse. El trébol estaba formado por una serie de osteodermos y vértebras fusionadas. Estudios recientes han descubierto que el trébol del anquilosaurio era lo suficientemente fuerte como para romper huesos sin dañarse.

Páginas 12–13

El anquilosaurio comía plantas. Tenía dientes pequeños para cortar las plantas. A diferencia de otros herbívoros, como los triceratops, el anquilosaurio no tenía bancos de dientes para reemplazar a los que se le gastaban. Esto significa que no habría podido moler su comida antes de tragarla. Es muy probable que los anquilosaurios digirieran su comida en un compartimento de fermentación separado de su estómago, parecido a como lo hace la vaca. El anquilosaurio debería pasar mucho tiempo buscando comida y alimentándose para mantener ese cuerpo.

Páginas 14–15

El anquilosaurio tenía cuatro patas cortas y fuertes. Las patas del anquilosaurio no le debieron haber permitido moverse con rapidez. Los científicos calculan que su velocidad máxima era de casi 6 millas (10 kilómetros) por hora. Sin embargo, estas patas cortas lo ayudaban de dos formas. Sus patas cortas y su cráneo de implantación baja le permitían comer vegetación de poca altura, que era más tierna y fácil de masticar. Tener patas cortas lo ayudaba a proteger la parte inferior de su cuerpo, que era blanda, de los depredadores.

Páginas 16–17

Los anquilosaurios vivían en bosques y valles en muchas partes del mundo. Vivían en zonas con abundante cantidad de plantas, como las áreas costeras, los bosques y los valles de los ríos. Si bien hasta hoy no se han encontrado fósiles de anquilosaurios en África, los científicos creen que vivieron en todos los continentes. Los anquilosaurios preferían los climas tropicales o subtropicales, cálidos y húmedos. En América del Norte, los anquilosaurios vivían principalmente en lo que ahora es la parte oeste de los Estados Unidos y Canadá.

Páginas 18–19

Los anquilosaurios vivieron hace más de 65 millones de años, durante el período jurásico medio hasta los últimos períodos cretácicos. El anquilosaurio fue uno de los últimos dinosaurios en extinguirse. Todo lo que se sabe sobre el anquilosaurio se basa en los fósiles, restos óseos antiguos preservados. El esqueleto fósil de anquilosaurio más completo fue encontrado en Alberta, Canadá, por Barnum Brown en 1910. Todavía no se ha encontrado un esqueleto fósil completo de anquilosaurio, por lo que mucha de la información sobre de este dinosaurio proviene de diferentes anquilosaurios.

Páginas 20–21

Se puede ir a los museos a ver los fósiles y aprender sobre los anquilosaurios. En todo el mundo, la gente va a los museos a ver fósiles y recreaciones de dinosaurios como el anquilosaurio. Uno de los mejores lugares para ver fósiles de anquilosaurio en los Estados Unidos es el Museo de Historia Natural de Nueva York. Este museo alberga diferentes fósiles de dinosaurios, entre los que se encuentran los restos fósiles de anquilosaurio descubiertos por Barnum Brown en 1910.

¡Visita www.av2books.com para disfrutar de tu libro interactivo de inglés y español!

Check out www.av2books.com for your interactive English and Spanish ebook!

1 Entra en www.av2books.com
Go to www.av2books.com

2 Ingresa tu código
Enter book code

J463355

3 ¡Alimenta tu imaginación en línea!
Fuel your imagination online!

www.av2books.com

Published by AV² by Weigl
350 5th Avenue, 59th Floor New York, NY 10118
Website: www.av2books.com   www.weigl.com

Copyright ©2016 AV² by Weigl
All rights reserved. No part of this publication may be reproduced, stored in a retrieval system, or transmitted in any form or by any means, electronic, mechanical, photocopying, recording, or otherwise, without the prior written permission of the publisher.

Library of Congress Control Number: 2014950041

ISBN 978-1-4896-2682-0 (hardcover)
ISBN 978-1-4896-2683-7 (single-user eBook)
ISBN 978-1-4896-2684-4 (multi-user eBook)

Printed in the United States of America in North Mankato, Minnesota
1 2 3 4 5 6 7 8 9 0   18 17 16 15 14

112014
WEP020914

All illustrations by Jon Hughes, pixel-shack.com.

Project Coordinator: Jared Siemens
Spanish Editor: Translation Cloud LLC
Art Director: Terry Paulhus

DEC 0 8 2016